JULES BOISSÉ

QUESTION

SUR

LA PATRIE

Prix : 50 Centimes

PARIS

IMPRIMERIE MODERNE — BARTHIER, DIRECTEUR

61, RUE JEAN-JACQUES-ROUSSEAU, 61

1875

QUESTION SUR LA PATRIE

PATRIE

Il ne faut oublier ni l'espoir, ni la force.
Il faut, l'outil en main, faire comme ce Corse
Qui, sans se plaindre, ayant des soldats mal armés,
Des bataillons rompus, hésitants, affamés…,
Parce que son cerveau concevait la victoire,
Sans faiblir à l'effort, sans douter de la gloire,
Marcha droit devant lui, frappa sans se lasser,
Et fit que ses rivaux, en le voyant passer,
Se demandaient parfois s'il suffisait d'un homme
Pour changer ces bandits en des soldats de Rome…

— Qui peut désespérer lorsqu'il est sûr de Dieu ?
Qui connaît assez bien ce qu'il reste de feu
Dans le brasier dormant de notre vieille France,
Pour dire : « C'est ici que finit l'espérance ? »
Qui peut dire : « La sève est tarie, » et qui peut,
Avant que le printemps, qu'un vague souffle émeut,

Ait jeté son regard sur l'herbe des collines,
Dire : « L'année est morte, et les forces divines,
La jeunesse et l'amour, ne peuvent plus fleurir,
Et le dernier printemps ne doit pas nous venir?... »
— Qui peut vous assigner, ô profonde nature,
Une barrière humaine et dire : « La figure
De telle nation, de tel peuple vaincu,
Comme il a trop produit et longuement vécu,
Doit sous un joug maudit s'effacer de l'histoire?... »
Qui peut nombrer la vie et fixer la mémoire
Des preuves de défaite et des preuves d'espoir?...

O France ! soleil d'ombre et ciel morne, astre noir,
Terre de liberté qui reçois l'esclavage,
Pauvre pays de rêve et d'amour, qu'on outrage,
Auguste pécheresse, âme de repentir,
Nous qui sommes toi-même et qui voulons mourir
Plutôt que d'oublier le salut de ce monde,
Oh! mère des grands cœurs!... ta mamelle inféconde
N'a-t-elle plus de lait pour nourrir tes enfants?...

Et, comme je songeais à ces jours déchirants
Où nous avons pu voir s'abaisser sur nos têtes
Le niveau du désastre et le joug des défaites,
Une voix, dans le ciel de mon cœur, s'éleva
Et vers d'autres que nous mon œil se souleva.

Vois, » me disait l'ami qui parle sans parole,
« Chaque peuple ici-bas veut ceindre une auréole

« Où des rayons sanglants deviennent de l'honneur.
« Ils ne méditent pas l'amour, ni le bonheur,
« Ils rêvent de canons, d'obus, de mitrailleuses.
« Les âmes d'avenir..., ils les trouvent peureuses ;
« Les âmes de prière..., ils en font des maudits ;
« Les âmes du devoir..., ils en font des bandits ;
« Et quand le Tout-Puissant leur suscite un prophète,
« Pour le mieux éprouver, ils demandent sa tête.
    « Que t'importe le bruit du mensonge et des mots?...
« Laisseras-tu l'erreur se former en repos
« Au cœur de tes enfants, dans le sein de ta femme?...
« Diras-tu que l'amour de tous est une flamme
» Qu'il faut ensevelir sous le boisseau?... Veux-tu
« Qu'un peuple de martyrs ait pour rien combattu,
« Et veux-tu, pour sauver des drapeaux à la guerre,
« Sous d'éternels combats ensevelir la terre?... »

Je n'ai pas voulu dire à celui qui parlait
Que son souffle était vain, que sa bouche mentait ;
Je n'ai pas voulu dire à la liberté sainte,
A la fraternité qui monte, à cette plainte
Qui s'élève du monde en réclamant l'amour,
Que l'effort pour la paix dans un meilleur séjour
Était un sacrilége..., et j'ai courbé la tête. —
Mais, ô Dieu de justice ! ô vengeur qui s'apprête
Contre toute imposture et contre toute erreur,
Voyez si pour ce peuple et parmi ce malheur,
Sur cette terre en deuil que l'on nomme patrie,
Voyez si, pour sauver cette femme meurtrie,

Rendre à ces opprimés la force et le devoir,
C'est trahir votre cause, et mentir et déchoir,
Que d'y répandre encor des lauriers et des armes?
Non. Quand il est tombé je n'avais pas de larmes;
Quand ce peuple de fange, expiant son orgueil,
Était conduit par Dieu jusqu'au bord du cercueil,
Je n'ai pas réclamé contre ce sacrifice.
Mais quand l'affront vieillit, et lorsque la justice
Pour l'effort du vaincu vient frapper à mon cœur,
Alors je dis au ciel que, s'il cherche un vainqueur,
S'il veut que cet enjeu du sang et des victimes
Entre les deux pays fasse d'autres abîmes,
C'est pour le sien qu'il faut et souffrir et prier,
Et que, si mon cerveau doit être un ouvrier
De force et de courage, et d'espoir et d'audace,
Il faut que pour un temps l'humanité s'efface,
Et que, mon cœur réduit à ceux qui m'ont nourri,
Mes yeux toujours fixés sur ce fleuve tari
Où Dieu m'a fait puiser le lait de mon enfance,
A force de pleurer sur le sort de la France
Et de crier aux miens qu'il faut vaincre et souffrir,
Je gagne enfin le droit de parler d'avenir.

Fraternité

Oui, malgré la douleur de voir une patrie
S'effondrer sous la main des barbares, meurtrie,
Le désespoir de vivre à la fin des grandeurs,
Malgré les lourds canons des Prussiens et la honte
De voir contre les siens la victoire qui monte,
Malgré nos ennemis et malgré nos vainqueurs,

Je laisse l'idéal trop étroit d'Henri quatre.
L'équilibre n'est rien, je ne veux pas me battre
Pour m'affubler du droit de m'enfermer chez moi.
C'est à l'humanité que je donne mon âme,
J'ai fait pour le passé bien assez de réclame.
J'ai bien assez souffert pour mon ancienne foi.

Écoutez maintenant, hommes de l'égoïsme,
Bourgeois du faux devoir, souteneurs du civisme,
Qui nous faites tuer pour conserver vos biens :
Il importe très-peu de souffrir en ce monde.
Nous savons que la haine en vous est très-féconde,
Qu'avec des airs de rois vous êtes des vauriens.

Qui gratterait en nous y verrait l'ignorance.
Nous savons nous donner des poses de souffrance,
Mais sur l'argent volé nous ne plaisantons pas.
Pour avoir l'air dévots nous allons à l'église,
Et nos prédicateurs, que leur parole grise,
Nous laissent sans remords des crimes d'ici-bas.

Le prêtre, qui nous sait des fils de Babylone,
Évoque Balthazar..., mais quand sa voix résonne
Sous les murs décrépits des vieux temples chrétiens,
Il porte dans son cœur des regrets si vivaces,
Se sent aiguillonné d'appétits si voraces,
Si rempli de l'amour furieux des faux biens,

Qu'on voit sous les arceaux rougir Sardanapale.
— O capucins rentés!... C'est la soif de Tantale,
Les rêves de palais tout remplis de Vénus,
C'est le dégoût du froc hostile à la luxure,

C'est la grossière voix d'une grosse nature,
Qui vous fait des amis avec ces parvenus.

N'importe... C'est ainsi. Nous aurons des neuvaines;
On nous fera sujets des rois moins que des reines,
Nous verrons quelque jour une autre Maintenon
Et quelque affeux Louis, revenu des chimères,
Contre la république organiser des guerres,
Et par notre martyre éterniser son nom.

— Je ne m'emporte pas, je suis froid et classique,
J'assiste sans colère, et si je trouve inique
Qu'on ne soit pas ami de la fraternité,
Arbre presque épuisé qui n'a plus que l'écorce,
Homme de repentir qui souffre et qui s'efforce,
Sachant bien qu'ici-bas tout œuvre est avorté,

Je laisse à de plus forts, à des amis plus braves,
Aux cœurs sans tremblement, aux âmes sans entraves,
A crier sur les toits ce que j'écris sans art,
Je vous laisse, ouvriers, je vous laisse, ô mes frères,
Les combats jusqu'au sang et les fortes colères,
Car mon amour pour vous n'est fait que de hasard.

O travailleurs courbés sur le sillon farouche!...

Hommes des champs, amis!... le verbe dans ma bouche
N'a pas l'accent viril des grandes vérités,
Je rêve quelquefois de fortune et de gloire,
Et je garde en secret au fond de ma mémoire,
Le souvenir chéri des vieilles lâchetés!

Je suis comme le vent qui passe dans les plaines,
Sans loi fixe, sans but, incertain dans mes peines,
Hésitant au devoir, rebelle aux longs efforts,
Mes jours sont faits d'ennuis et de mélancolie,
Et j'ai vu bien souvent sur ma face pâlie
De vagues désespoirs qui font songer aux morts.

Mais, si le sang impur des êtres de ma race,
Si la grande vertu qui meurt et qui s'efface,
Si le goût du bien-être, et la soif de jouir,
Si mon cerveau fermé, ma piteuse indolence
M'ont fait pour vous sauver trop faible et sans défense,
Du moins, en vous aimant, je saurai bien mourir.

Allez!... Tout est menteur qui fait battre les hommes.
Les rois, qui furent dieux, ne sont que des fantômes;
Il faut un seul bonheur dans un seul monde, et nous
Qui savons entrevoir du moins ce rêve immense,
Pour mieux que la patrie et pour plus que la France,
Aux pieds du nouveau Christ, nous tombons à genoux.

Christ, progrès, avenir, fraternité des choses,
Grands mots venus du cœur que les riches moroses
Regardent en louchant, comme des assassins,
Travail libre et concorde, égalité sublime...
Et nous, pour vous prêcher, nous marchons à l'abîme,
Et nous mourons martyrs en nous tenant les mains.

France

Et pourtant nous sentons qu'il faut souffrir ensemble.
Le monde est en péril quand tout un peuple tremble
De voir ses fondements secoués par la mort...
Qui pourra découvrir du mal dans cet effort
Qu'a voulu Gambetta pour délivrer la France ?...
Qui pourra, Jeanne d'Arc, croire que l'espérance
De sauver son pays est un assassinat ?.,.
Qui pourra, quand Bayard s'en allait au combat,
Prêcher que ce soldat s'en allait à la honte ?

Non. Mais il faut veiller, et l'avenir qui monte,
Marée infatiguable, aux pieds de nos vieux murs,
Nous dit qu'on doit couper les blés quand ils sont mûrs,
Qu'on doit à ce qui vient proportionner les digues.
Peuples, si vous voyez se préparer des ligues
Où des tyrans masqués méditent votre fin,

Si Frédéric, — le grand ou le traitre, — en chemin
De gloire par le meurtre et de valeur humaine,
Jette ses yeux de lynx du côté de l'Ukraine
Et fait de la Pologne un tombeau, tu pourras,
Pauvre pays vaincu, secouer sur tes bras,
Avant que le partage odieux se consomme,
Les carcans éternels que prépare cet homme.
Et si Bismarck, — le traitre ou le grand, — a songé
Qu'après avoir conquis, après s'être vengé....
— Avec quelque voisin de farouche puissance
On pourrait doucement se partager la France...,
La France, la lumière heureuse et la bonté,
Celle qui doit grandir dans l'immortalité,
Parce qu'elle est toujours à souffrir la première,
Voyant qu'on se prépare encore à cette guerre
Des loups contre la paix, de l'ours contre l'agneau,
La France, astre azuré qu'on veut mettre au tombeau,
Mais qui, semblable au Christ, s'épure et ressuscite...,
Sans haine, par devoir, et sans rien qui palpite
En elle de terreur ou de haine, a le droit
De prendre pour combattre un habit plus étroit.
Elle peut bien, martyre aux rêves secourables,
Se serrer cœur à cœur et replier les tables
Du festin de la paix qu'elle croyait offrir,
Elle peut être forte et chercher à s'unir.
Elle peut bien armer de lourdes forteresses,
Suivre les trahisons, démasquer les adresses,
Elle peut se ranger du côté des héros
Et se couvrir de fer pour garder son repos.

— Et maintenant le droit est posé : l'harmonie,
Céleste expression et formule infinie,
Loi qui n'a pas de fin, qu'on ne peut supprimer,
Au-dessus de l'humain place ce mot : « aimer. »
Peuple tu dois t'aimer!... tu dois aimer, patrie !
Tu dois, lorsque ta chair est sanglante et meurtrie,
Quand ces millions d'yeux qui pleurent sont à toi,
Quand la perversité, quand la mauvaise foi
Travaille à t'exciter, toi, frères contre frères,
Quand le Prussien madré, pour les suprèmes guerres
Et le partage affreux, cherche ailleurs un soutien,
Tu dois, groupe de force et d'ardeur, ô gardien
De la vieille vertu qui fait trembler le monde,
Faire de ta pensée une unité féconde,
Un seul amour vivant de tes longues douleurs.
Oh ! qui donc comprendra ce qui germe des pleurs !...
Quand donc les désespoirs et quand donc la souffrance,
Les efforts incessants pour ton salut, ô France !...
Les angoisses de vivre et de mourir pour toi,
Sauront-ils t'émouvoir ?... ô dégradés sans foi,
Possesseurs enivrés qui dépouillez vos frères,
Quand donc comprendrez-vous que les longues colères
Qui montent sourdement de l'abîme et sur vous
Tombent, ayant baisé vainement vos genoux,
Ne sont qu'une justice atroce — et l'équilibre. —
Peuple!... ne touche pas le front de l'homme libre,
Peuple!.. n'étouffe pas la presse et ne dis pas
Qu'il faut pour bien régner inventer des combats,
...Ou fusiller les gens pour tuer les idées.

O France! pauvre femme aux larmes saccadées,
Aux espoirs déplacés, aux sanglots comprimés,
Réveille-toi, patrie aux regards enflammés !...
Laisse la grande paix circuler dans tes veines,
Ne perds plus ta vaillance austère aux choses vaines,
Ne te jalouse pas toi-même en tes partis :
Le ciel nous appartient à tous... et les maudits,
Quand l'homme n'en veut plus, ont l'immense nature !
Marche !... qu'un flot d'amour sur ta noble figure
Monte et te fasse encor la fille du progrès !...
Marche, vaisseau tremblant !... le vent dans tes agrès
Souffle un nouvel honneur par la liberté sainte ;
Travaille sans refus, délivre-toi sans crainte,
Combats pour te défendre et non pour conquérir.
Mais, lorsqu'il te diront qu'il faut bientôt mourir,
Calme, et la volonté dans tes grands yeux farouches,
Va réveiller ta honte et, sur toutes les couches,
Sur les lits de velours des riches, les grabats
Du pauvre courageux..., souffle les noirs combats,
Puis, ayant pour témoin l'éternelle justice,
Lève-toi, tout entière, en un seul sacrifice,
Et, puisque les vrais dieux ne savent que souffrir,
Triomphe pour la paix ou meurs pour l'avenir.

Paris. Impr. Moderne, Barthier, d', r. J.-J.-Rousseau, 61

Du même Auteur .

LE CHRIST

LE DERNIER DON JUAN

Prochainement

LE VŒU ET LA SCIENCE

LES VISIONS D'UN NOMMÉ JEAN-PAUL